INTRODUCTION

AU COURS

DE LITTÉRATURE FRANÇAISE.

DISCOURS

PRONONCÉ

A L'ATHÉNÉE DE PARIS,

LE 15 DÉCEMBRE 1806;

PAR M. CHÉNIER,

DE L'INSTITUT NATIONAL.

DEUXIÈME ÉDITION.

A PARIS,

DE L'IMPRIMERIE DE DIDOT JEUNE.

CHEZ DABIN, PALAIS DU TRIBUNAT.

1806.

INTRODUCTION

AU COURS

DE LITTÉRATURE FRANÇAISE.

Avant de commencer un ouvrage difficile et considérable, il faut se rendre un compte précis des matières que l'on doit y traiter. La poésie, l'éloquence, l'histoire, les romans, genre intermédiaire entre l'histoire et la poésie, sont des parties brillantes de notre littérature, mais ne la forment pas toute entière. On ne la compléterait même pas en ajoutant à ces parties la grammaire, la rhétorique et la poétique. Il faut y joindre encore la philosophie et ses principales applications; examiner dans leur marche progressive l'analyse des sensations et des idées, la morale publique et particulière, et les diverses branches de l'art social. Nous écarterons d'un examen déjà très-étendu les sciences physiques et mathématiques, la jurisprudence proprement dite, et la théologie; en exceptant toutefois quelques ouvrages que viennent rattacher à notre sujet, soit les grandes qualités de l'art d'écrire, soit une influence remarquable sur les opinions d'un siècle, par conséquent sur l'esprit général de sa littérature. Dans l'introduction, seul objet de cette première séance, nous allons remonter aux temps éloignés où l'empereur Constantin changea toutes les habitudes des nations. Depuis l'écroulement de l'empire romain, nous suivrons d'âge en âge et de peuple en peuple les traces de la littérature vagabonde. Au milieu même de la barbarie, et dans le labyrinthe du moyen âge, nous serons guidés par cette lumière, souvent pâle, incertaine, quelquefois concentrant ses faibles rayons dans un coin du monde, jamais complètement éteinte. Nous verrons naître et changer peu-à-peu la première langue de nos ancêtres. Quand nous serons parvenus au moment où naît la littérature française, nous la diviserons en quatre époques. Nous assignerons à chacune d'elles les traits principaux qui la caractérisent. Nous indiquerons la manière spéciale dont elle sera parcourue. De-là naîtra facilement l'exposé des vues philosophiques qui doivent présider au cours entier, afin qu'il ne soit pas tout-à-fait indigne des personnes éclairées qui veulent bien y prendre quelque intérêt, de l'établissement célèbre sous les auspices duquel il commence, et des principes élevés que maintient la raison publique chez les grandes nations de l'Europe.

Le quatrième siècle est une époque mémorable dans l'histoire du monde. L'étonnante révolution commencée par Constantin et consommée par Théodose donna une direction nouvelle à l'esprit humain. En quittant Rome pour Bysance, Constantin prépara la division de l'Empire et la chûte de Rome. L'empereur Julien régna trop peu de temps pour combler l'abyme dont il avait mesuré la profondeur; mais il ranima l'amour des lettres; il les cultiva lui-même avec succès; il les honora dans l'orateur Thémistius et dans le philosophe Libanius. Les successeurs du Grand Julien suivirent une route fort différente. On sait avec combien de zèle ils adoptèrent les nouvelles croyances. Cependant les anciennes opinions n'étaient point déracinées, et, dans toutes les provinces de l'Empire, les citoyens restaient divisés sur des matières qui leur paraissaient importantes. Soit par piété, soit par prudence, Théodose ordonna de penser comme lui; et la philosophie resta muette devant la dialectique des inquisiteurs : je dis des inquisiteurs; car c'est à lui que cette institution commence. La littérature prit donc une face nouvelle. La chaire épiscopale remplaça la tribune romaine, qui dès long-temps, avec tout le reste, avait passé du peuple à l'Empire. Des querelles presque toujours sanglantes sur des hérésies déjà nombreuses succédèrent aux paisibles discussions de l'Académie et du Portique. L'autel de la Victoire, abattu par Constantin, avait été relevé par Julien. Théodose le renversa pour toujours. On répondit au signal du prince. Dans une foule de cités, la pieuse adulation brisa les statues des dieux de l'Empire, et des esclaves démolirent les temples qu'avaient consacrés des héros.

Le platonisme, surtout chez les Grecs, retrouva bientôt sa place dans la littérature théologique; et cette littérature elle-même acquit une haute importance au pied du trône de Théodose. On vit briller chez les Latins le savant Hiéronyme, Ambroise, évêque de Milan, et l'évêque d'Hippone, Augustin, qui fut converti par Ambroise, et qui, le jour de son baptême, improvisa conjointement avec lui cette espèce d'hymne encore aujourd'hui consacrée dans les églises catholiques à célébrer la victoire. Les Grecs, mieux partagés, comptaient parmi eux les deux élèves du payen Thémistius, Basile et Grégoire de Naziance, mais surtout le fameux patriarche de Constantinople, Jean Chrysostôme, le plus éloquent des écrivains connus sous le nom de Pères de l'Eglise. Il était disciple de ce Libanius, qui, du sein du paganisme, prêchait aux sectes divisées des premiers chrétiens le dogme universel de la tolérance; et qui même, sous l'empereur Valens, quand l'Arianisme triomphait, osa faire entendre une voix impartiale et courageuse en faveur des Athanasiens persécutés. Il s'en faut bien que la poésie eût à cette époque autant d'éclat que l'éloquence. Ausone, infidèle aux dieux de Virgile et d'Ovide, le fut davantage au génie de ces grands poètes; et Prudence, inférieur à ce même Ausone, en chantant les martyrs et le péché originel, se montra plus recommandable par sa piété que par ses talens.

La poésie métrique, harmonieuse invention

du génie des Grecs, éprouvait alors des altérations sensibles. D'abord, comme il fallait des hymnes populaires pour la nouvelle liturgie, les poètes, résignés presque tous à la foi de leurs empereurs, abandonnaient les formes anciennes pour adopter la poésie seulement rythmique, c'est-à-dire cette versification subalterne où la mesure n'est déterminée que par le chant. Quelques-uns des morceaux de ce genre recevaient l'ornement de la rime ; et cet ornement surchargea bientôt la poésie métrique elle-même. Deux petits fragmens d'Ennius, qui sont rapportés par Cicéron, ne prouvent pas que l'on doive assigner à la rime une antiquité plus lointaine. En effet, que remarque-t-on dans ces deux fragmens ? trois verbes qui riment ensemble. Ce n'est-là qu'un jeu d'esprit accidentel, et qui ne tire point à conséquence. On cite deux vers rimés dans Properce. On en peut rencontrer dans Virgile. Mais, pour trouver la rime établie dans les vers latins, il faut redescendre au quatrième siècle ; et ce fut Ambroise, évêque de Milan, qui en donna le premier exemple. L'hymne qu'il composa pour la plus grande des solennités chrétiennes, hymne qui, dit-on, fait encore partie du bréviaire romain, est partagée en six strophes métriques, chacune de quatre vers de huit syllabes, et dont les rimes se suivent deux à deux. Ce fait, très-peu remarqué, n'en est pas moins très-remarquable. Il présente à-la-fois l'extrême décadence de la poésie chez les Latins, et l'origine la plus reculée de quelques formes des versifications modernes. Ces formes, si grossières dans leur naissance, après un long cours de siècles, sont devenues admirables entre les mains du génie. C'est avec ces mêmes formes que l'Arioste et le Tasse, en Italie; que, parmi nous, Corneille, Racine, Molière, Lafontaine, Boileau, Voltaire, ont égalé tour à tour les poètes les plus parfaits de l'antiquité.

Dans les dernières années du quatrième siècle, et dans le commencement du cinquième, la poésie latine, long-temps dégradée, parut se relever avec quelque gloire. Claudien, sans être un poète du premier ordre, fut un brillant phénomène au milieu de ses obscurs contemporains. Pour lui trouver des rivaux, il faut remonter au-delà du règne des Antonins. Stace et Silius Italicus, qui l'ont précédé de si loin, n'ont pas son harmonieuse élégance; et, s'il est plus enflé que Lucain lui-même, s'il lui est très-inférieur pour la plénitude et la force des idées, pour la grandeur des images, pour tout ce qui tient au génie, il est peut-être son égal dans la diction. Claudien eut le malheur de chérir la religion de Trajan et de Marc-Aurèle. Cependant un empereur et un sénat chrétiens, ne considérant que son mérite, lui décernèrent, de son vivant, des honneurs publics. Mais la lumière qu'il répandit fut passagère. Après lui, plus de littérature à Rome, et bientôt même plus d'empire. Les Goths, les Huns, les Vandales, Alaric, Attila, Genseric, vainquirent successivement et presque sans peine des générations avilies qui avaient abjuré tous les souvenirs de leurs ancêtres. Rome, invincible tant qu'elle fut une patrie, depuis long-temps n'était plus qu'une ville. Aussi, trois fois assiégée, deux fois saccagée, elle ne regretta que ses richesses, et ne vit dans sa ruine entière qu'un changement de servitude. Le fer et la flamme dévorèrent les monumens des arts, et long-temps furent continuées ces dévastations dont le zèle immodéré de l'âge précédent avait déjà commencé le cours. Un siècle entier ne suffit point pour amortir le mouvement terrible imprimé à l'Europe. Durant tout le sixième siècle, l'Allemagne, l'Italie, les Gaules, l'Espagne, furent autant d'arènes sanglantes où des animaux féroces se déchiraient pour la proie commune. La force usurpait de nouveau ce qu'avait usurpé la force. Des extrémités de la Tartarie jusqu'aux rives de l'Elbe et du Rhin, vingt peuples barbares, remués à-la-fois, ne connaissant que la science du glaive et l'art de détruire, se précipitaient les uns sur les autres, et s'arrachaient les lambeaux du monde.

Les belles-lettres conservèrent un asile unique. L'empire de Constantinople existait ; la langue grecque demeurait langue vivante. Au sixième siècle, les Latins avaient Cassiodore, mais les Grecs avaient Procope, le plus distingué des historiens qui composent la vaste collection bysantine. Ainsi cette littérature créatrice, dont la véritable origine se perd dans la nuit des temps héroïques avec les dieux et les demi-dieux d'Homère, et qui, dès sa naissance apparente, étale deux chefs-d'œuvre épiques, productions d'un seul génie, plus étonnant que tous les héros qu'il a chantés : cette littérature, qui durant les longues prospérités de la Grèce, dans Athènes triomphante et libre, imprima des traces lumineuses sur toutes les routes de l'esprit humain ; et qui depuis, respectée dans le sein même de la servitude, du fond des écoles d'Alexandrie, instruisait Rome conquérante : enfin, réfugiée dans Constantinople, et dernier rempart contre la barbarie dans une époque désastreuse, survit encore mille années à la littérature de Rome conquise, et ne vient expirer qu'au milieu du quinzième siècle sur les débris de l'empire d'Orient.

Dans l'Occident, au septième siècle, les ténèbres s'épaissirent de jour en jour. Cependant, fatiguées de secousses violentes, les sociétés civiles se recomposaient lentement. Mais dans la Syrie, inépuisable berceau des superstitions humaines, une religion nouvelle, un empire nouveau s'élançaient du fond des déserts. Un arabe fugitif conçoit à plus de cinquante ans le projet d'être à-la-fois conquérant, pontife, législateur et monarque. Il se dit l'envoyé de Dieu, guide aux combats ses prosélytes, écrit sa loi sans quitter les armes, et meurt dix ans après, ayant rempli dans ce court espace toutes les destinées qu'il avait osé se prescrire. Les successeurs de Mahomet suivent son exemple ; ils prêchent l'alcoran le sabre à la main. Leurs dogmes sont le fatalisme et l'ignorance. S'il en faut même croire des traditions dont quelques écrivains modernes ont contesté la certitude, le farouche Omar engloutit pour jamais dans les bûchers d'Alexandrie une partie des richesses de l'esprit humain. Mais tout-à-coup quel changement ! ces arabes fanatiques, polis par le commerce des Grecs, apparaissent dès le huitième siècle avec une littérature formée. Sous l'empire des califes abassides, Almanzor, Mahadi, surtout Aaron-al-raschid, elle s'étend sur l'Asie, et de-là dans les provinces d'Afrique. Abdérame, dernier rejeton des Omniades, la porte en Espagne, où il fonde un royaume. Cordoue et Bagdad, autrefois l'antique Babylone, deviennent deux métropoles des arts et des sciences. Plus tard, quelques étincelles de cette lumière viendront rejaillir sur la France.

Mais durant la moitié du huitième siècle une honteuse barbarie la couvrait encore sous l'empire avili des rois fainéans. Le maire du palais, Charles Martel, la préserva du joug des Sarrasins d'Espagne : son fils Pépin saisit les rênes de l'empire ; et Charlemagne enfin parut. Tous les écrivains qui ont approfondi nos antiquités aperçoivent sous son règne, sinon des monumens, du moins quelques signes incontestables de la restauration des lettres. Des compilateurs, moins difficiles en preuves, et rarement guidés par la saine critique, veulent même attribuer à Charlemagne l'établissement de l'Université de Paris. Il est malheureusement plus certain qu'il institua la cour veimique. Il se crut forcé d'être conquérant, et même d'exercer des violences pour assurer ses conquêtes; mais il fut législateur habile; et, peu content de faire redouter au dehors la nation qu'il avait l'honneur de gouverner, il s'agrandit en lui faisant connaître des droits qu'elle ignorait encore. Monarque héréditaire, il osa supporter la liberté publique : il fit plus, il voulut la fonder lui-même.

Sans doute il aima les lettres, puisqu'il avait bien conçu la pensée de la gloire. Il fit venir à sa cour Pierre de Pise et l'anglais Alcuin, savans aujourd'hui inconnus, autrefois célèbres en un siècle d'ignorance. Il établit dans son palais, non pas une école, mais une académie dont il s'honorait d'être membre. C'est ce qu'avait fait l'empereur Auguste; mais Charlemagne ne comptait pas dans la sienne Virgile, Horace et Varius. Au reste, cette académie fut un établissement éphémère, et dont il serait impossible de retrouver quelque trace sous le règne des successeurs de Charlemagne. D'ailleurs, en reconnaissant les efforts que fit ce prince illustre pour réparer de longues ruines, il faut au moins convenir qu'ils n'eurent pas d'influence sur la langue française, puisqu'elle n'existait pas encore. L'idiôme des Romains survivait à leur puissance. En Italie, dans les Gaules, en Allemagne, le latin restait à-la-fois la langue du gouvernement et la langue vulgaire. Ces hordes septentrionales, qui, dans les âges précédens, avaient envahi les provinces romaines, subissaient elles-mêmes l'inévitable ascendant d'une civilisation supérieure. Un empire qui n'était plus leur imposait encore ses lois, ses habitudes, son langage; et, dans tout ce qui tient aux mœurs, c'est-à-dire dans tout ce qui distingue les peuplades des nations, les vainqueurs sentaient le besoin de porter le joug des vaincus.

Toutefois la langue latine, mêlée sans cesse avec les jargons septentrionaux, s'altérait d'une manière étrange. Bientôt le tudesque et le latin corrompu formèrent la langue romance, source immédiate des trois langues méridionales de l'Europe, l'italien, l'espagnol et le français. Le traité conclu entre Charles-le-Chauve et Louis-le-Germanique, vers le milieu du neuvième siècle, et près de trente ans après la mort de Charlemagne, est le plus ancien monument en langue romance dont l'histoire reconnaisse l'authenticité. On peut voir dans l'encyclopédie le serment de Louis-le-Germanique. On y trouve déjà les articles, partie commune à ces trois langues, mais étrangère à la langue latine. On y trouve de plus les terminaisons, qui sont encore aujourd'hui les plus fréquentes dans l'espagnol et dans l'italien. Cependant la brièveté des mots et le redoublement des consonnes y laisse apercevoir aisément le génie septentrional. Nos romans, aussi bien que nos romances, ont pris le nom de la langue même qui les vit naître parmi nous. On fait remonter à la fin du dixième siècle l'origine de nos romans; mais cette antiquité si lointaine n'est pas facile à démontrer. Voici quelque chose de plus authentique. A la dernière année du siècle suivant, la langue romance offre un monument que Voltaire, dans son Essai sur les mœurs des nations, regarde avec raison comme très-curieux : c'est un quatrain sur les persécuteurs des Vaudois. L'histoire de notre versification faisant partie de mon sujet, je dois placer ici une remarque échappée à Voltaire. Ce fragment présente le premier exemple de nos vers composés de douze syllabes, et nommés alexandrins. En conséquence, le poète Alexandre de Paris, dont cette forme de vers a pris le nom, n'en est pas l'inventeur, puisqu'il ne vivait que cent ans après, sous le règne de Philippe Auguste.

Le fragment dont je viens de parler, comparé au serment de Louis-le-Germanique, fait voir que la langue romance était sensiblement adoucie à la fin du onzième siécle. Cet heureux changement était l'ouvrage des Troubadours, ou poètes provençaux. C'est, en effet, sous le règne de Philippe Premier que l'on voit commencer la nombreuse série des Troubadours. Elle est ouverte par un prince, Guillaume, comte de Poitou. Au temps de la première croisade, il s'empressa de partir pour la Terre-sainte. Il n'en eut pas moins dans la suite le malheur d'être excommunié. Mais, à l'occasion de Guillaume, comte de Poitou, il sera plus neuf et plus utile d'observer que l'on a fort exagéré dans beaucoup de livres l'ignorance des grands et leur dédain pour les lettres en ces temps de féodalité. Sans doute il existait parmi eux de ces ames tyranniques, isolées dans une fausse grandeur, fermées aux plus douces communications de la pensée, et condamnées à ne jamais sentir les douceurs de la littérature : mais les grands qui *ne savaient ni lire ni écrire*, *attendu*, disaient-ils, *leur qualité de chevaliers*, sont aujourd'hui justement inconnus. On peut, au contraire, en citer une foule d'autres qui ont aimé, encouragé, cultivé les lettres. La seule liste des Troubadours présente un nombre considérable de chevaliers renommés entre les guerriers de leur siècle, plusieurs dames illustres par leur naissance et par leur beauté, des prélats, des grands vassaux de la couronne, des feudataires de l'empire, un prince d'Orange, un comte de Foix, un comte et même une comtesse de Provence, un dauphin d'Auvergne, un roi de Sicile, deux rois d'Arragon, le célèbre roi d'Angleterre, Richard cœur-de-lion, et Frédéric Barberousse, empereur plus célèbre encore. A l'époque où la littérature française, proprement dite, imita et remplaça la littérature provençale, on retrouve encore beaucoup d'exemples du même genre. Si, vers la fin du seizième siècle, et quand l'art d'écrire, déjà perfectionné, devenait plus difficile, les princes l'ont cultivé plus rarement, du moins les princes remarquables en furent toujours les soutiens. On peut même affirmer que, dans tous les temps, dans tous les pays, sous toutes les formes de gouvernement, les hommes puissans qui ont légué à l'histoire un glorieux souvenir ont constamment honoré la littérature, comme la plus brillante et la plus féconde des études humaines, le plus noble des plaisirs, le lien le plus doux des sociétés, l'ornement, la gloire, l'appui des empires et des républiques.

Quoique les Troubadours ne soient pas des poètes français dans le sens rigoureux du mot, cependant, comme ils ont immédiatement formé notre poésie, et même, en grande partie, la littérature italienne, il sera nécessaire de leur consacrer une séance. Nous réserverons pour ce moment plusieurs détails intéressans sur les divers genres de poésie qu'ils ont cultivés, et sur l'influence qu'ils ont exercée long-temps. Mais quelques traits généraux relatifs à leur histoire appartiennent encore à cette introduction. Nés avec les croisades, à la fin du onzième siècle, les Troubadours se soutinrent avec elles durant les deux âges suivans. Sous Philippe-le-Bel, quand déjà l'accent de la Picardie et des autres provinces du nord de la France dominait dans notre langue, les Troubadours devinrent plus rares. Ils s'éteignirent insensiblement dans le cours du quatorzième siècle. C'est à quoi Fontenelle n'a pas regardé d'assez près, lorsqu'il a confondu avec les Troubadours plusieurs poètes picards, et même Thibaut, comte de Champagne, poète français du milieu du treizième siècle. Quelques-uns de ces Troubadours, soit pour l'imagination, soit pour l'harmonie, ont une supériorité marquée sur tous les poètes français de la même époque. Mais il faut en convenir, ils eurent des modèles. Leurs meilleurs ouvrages, notamment leurs fabliaux, portent l'empreinte de la littérature orientale. C'était le résultat de leurs relations avec les Arabes d'Espagne; et ici nous retrouvons encore cette filiation des littératures qui nous a guidés jusqu'à présent dans les ténèbres du moyen âge.

Il n'est rien là d'exagéré, rien qui doive surprendre. L'influence des Arabes ne se bornait point à la poésie ; elle s'étendait sur tous les arts ; elle embrassait toutes les sciences connues, ou du moins que l'on croyait connaître. C'était par les Arabes, c'était même d'après leurs traductions, qu'un peu avant la première croisade plusieurs ouvrages d'Aristote passèrent de l'université de Samarcande dans les écoles de Paris. Bientôt la philosophie péripatéticienne détrôna le platonisme ; et, durant le treizième siècle, si fameux par la controverse, on vit, dans la Sorbonne naissante, le précepteur d'Alexandre cité comme un Père de l'Eglise et comme un oracle par des hommes qui furent eux-mêmes des Pères de l'Eglise et les oracles de l'école. C'était encore aux Arabes que la France et l'Europe entière devaient alors quelques notions d'astronomie, de chimie et de médecine. Mais on leur devait aussi les visions de l'astrologie judiciaire, les chimères de l'alchimie et le charlatanisme empyrique. La manie des horoscopes s'empara du vulgaire, et surtout du vulgaire des princes. C'était trop peu d'agiter la terre, il fallait bien que tous les astres fussent en mouvement pour les destinées d'un seul homme. La superstition d'un orgueil crédule prolongea ces extravagances au-delà du brillant seizième siècle. Elles furent accueillies dans le palais des Médicis, dans le Louvre même, et jusqu'au moment précis de la naissance de Louis Quatorze. Des insensés ont cherché plus long-temps encore la pierre philosophale et le remède universel : tant il est naturel à l'homme de vouloir s'étendre au-delà même de la nature ; tant la science du merveilleux combat long-temps la vraie science ; tant les erreurs qui conviennent aux passions jettent des racines profondes et lointaines.

Sous le règne de Philippe Auguste, véritable fondateur de l'Université de Paris, on aperçoit les faibles commencemens de notre littérature. Hélinand, le plus ancien des poètes français, vivait à la cour de ce roi chevalier. Alexandre de Paris, contemporain d'Hélinand, mais un peu plus jeune, en parle comme d'un poète célèbre, et jouissant même de quelque faveur. Thibaut, comte de Champagne et roi de Navarre, brilla sous le règne suivant et dans la minorité de Louis Neuf. Son amour romanesque pour la reine Blanche, et les chansons passionnées qu'il fit pour elle, l'ont également rendu fameux. Vers le milieu du treizième siècle,

Guillaume de Lorris commença le roman de la Rose, achevé par Jean de Meung, quarante ans après, sous Philippe le Bel. Au quatorzième siècle, la poésie baissa long-temps. Elle se releva sous le règne de Charles Cinq, à qui la ville de Paris doit sa bibliothèque publique, aujourd'hui le plus bel établissement en ce genre qui ait existé chez aucune nation. Ce fut alors que l'on inventa les chants royaux et les ballades, formes d'un art grossièrement recherché. Quant aux formes de notre versification même, toutes les mesures de vers étaient plus ou moins usitées, quoiqu'en aient dit des écrivains peu instruits, et toutes étaient immédiatement puisées dans les Troubabours. On trouve au quinzième siècle un grand nombre de poètes, parmi lesquels nous distinguerons Alain Chartier, ministre d'état sous Charles Sept; le duc d'Orléans, père de Louis Douze; Villon, son contemporain, poète moins agréable et trop vanté par Clément Marot; enfin, l'évêque d'Angoulême, Octavien de Saint-Gelais, à qui l'on doit quelque reconnaissance, au moins pour avoir donné le jour à Mellin de Saint-Gelais, l'un des ornemens de l'époque suivante. La poésie dramatique, établie chez les

Provençaux dès le temps de Philippe Auguste, ne s'introduisit dans notre langue que deux siècles après, et sous le règne de Charles Six. Là commencent nos Mystères. Les Soties parurent un peu plus tard. La célèbre Farce de Patelin vint ensuite. Fontenelle semble la croire du temps de Louis Douze ; mais elle était publiée huit ans avant le règne de ce prince, et nous prouverons qu'elle fut écrite sous Louis Onze. Nous remarquerons beaucoup plus deux farces composées par Pierre Gringore, et représentées à Paris durant les démêlés de Louis Douze avec la cour de Rome ; elles ne sont pas dépourvues de comique, et leur objet les rend importantes. Nos romans, dont l'origine est encore plus ancienne que celle de notre poésie, forment une classe nombreuse qui se divise en plusieurs branches. C'est tout ce que nous en dirons aujourd'hui. Dans le cours même dont nous traçons le plan, nous jeterons sur eux un coup-d'œil rapide. Nous en ferons autant pour l'histoire, au moins depuis Villehardouin jusqu'à Monstrelet. Le seul Philippe de Commines fixera notre attention, par le talent qui le distingue, et par le caractère du monarque singulier qu'il a peint avec une vérité si naïvement énergique.

Il ne faut point chercher des philosophes durant cette longue époque, puisque la superstition crédule était unie à l'extrême licence dans les diverses parties de la littérature. Les grammairiens et les orateurs étaient loin de paraître encore, puisque la langue française variait sans cesse, et qu'un jargon ridicule, auquel on donnait le nom de langue latine, était seul usité dans la chaire. Les principes du goût n'étaient pas même entrevus; les modèles de l'antiquité, mal consultés par les clercs, restaient ensevelis dans la poussière des cloîtres; et si, dès la fin du treizième siècle, le Dante avait illustré l'Italie par de fortes compositions poétiques; si même, dans l'âge suivant, Pétrarque et Bocace avaient porté la langue toscane à sa perfection, ces maîtres fameux n'avaient parmi nous ni des rivaux ni des élèves. Depuis Philippe de Valois, des calamités presque continuelles avaient retardé les progrès de la France. Enfin, grâce aux victoires de Charles Sept, elle fut arrachée à la tyrannie anglaise, et des jours brillans s'annoncèrent. Deux événemens qui changèrent le monde marquèrent encore davantage ce règne mémorable. A la chûte de l'empire d'Orient, les lettres et les sciences se réfugièrent dans l'Europe occidentale. De vrais savans renouvelèrent les écoles publiques, et l'enseignement fut perfectionné. L'imprimerie, découverte à Mayence, fit connaître et bientôt étudier les chefs-d'œuvre des deux littératures anciennes. Elle ouvrit sans doute une vaste carrière aux impostures comme aux vérités; mais son effet inévitable est de faire surnager les vérités sur les impostures: elle rend l'examen facile à tous les esprits, dans tous les instans; elle constate chaque jour l'état des sociétés civiles; elle en a marqué tous les pas; elle a révélé tous les secrets des sciences; elle a même expliqué les siens; et, dans tout ce qui appartient soit à la raison, soit à la mémoire, malgré les signes accidentels d'une décadence qui souvent n'est qu'apparente, par cela seul que l'imprimerie existe sans jamais risquer de périr, elle rend indéfiniment progressive la marche nécessaire de l'esprit humain.

A l'époque du seizième siècle, les progrès de notre littérature devinrent sensibles, et même rapides. La langue française, dans les vers de Clément Marot, acquit de la naïveté, de la finesse et de la grâce. C'était beaucoup ; mais il restait beaucoup à faire. Charmant dans l'épigramme et dans l'épître badine, Marot est à peine médiocre quand il veut imiter la richesse élégante d'Ovide ; il est ridicule quand il prétend manier la lyre et s'élever à la majesté de la poésie hébraïque. Mellin de Saint-Gelais, son ami et son disciple, approcha de lui dans l'épigramme. Passerat, venu un peu plus tard, appartient à la même école. Nous lui devons un joli conte, égal aux meilleures productions de Clément Marot. Ronsard dénatura la langue. Il la rendit ampoulée et barbare, en voulant lui donner de la noblesse et de l'audace. Il fut cependant utile, même par des tentatives qui n'ont pas réussi. Ses successeurs eurent moins d'imagination, mais plus de sagesse. Toutefois le seul Malherbe fonda parmi nous et la langue et la poésie ; Malherbe, le plus ancien de nos grands poètes, et l'un de nos deux principaux lyriques. Racan et Mainard, ses élèves, l'imitèrent sans l'égaler. Régnier, son contemporain, fut original ; il n'est pas rare de trouver dans ses satires des traits piquans et des vers heureux ; mais ses défauts nombreux et graves ne permettent pas de le placer au rang des classiques. Jodelle, ami de Ronsard, en travestissant comme lui les formes de la poésie grecque, tenta vainement de fonder à-la-fois la scène tragique et la scène comique. Garnier, l'émule de Jodelle dans la tragédie seulement, ne lui fut guères supérieur. Quelques autres se traînèrent successivement dans une carrière trop difficile. Un génie était nécessaire pour créer la scène française. Il ouvrira l'époque suivante.

Dans la prose, nous trouvons d'abord Rabelais, esprit étendu, singulier, souvent bizarre, cachant un penseur sous le masque d'un bouffon. Nous en parlerons avec l'attention qu'il mérite et la circonspection qu'il exige. Il faudra bien aussi quelques précautions pour Marguerite de Valois, reine de Navarre et sœur de François Premier. Nous avons de cette princesse des poésies qui sont très-dévotes, et des nouvelles qui le sont moins, mais qui cependant valent mieux. En passant aux historiens, nous aurons à regretter que le président de Thou n'ait pas écrit en français. Après les Mémoires historiques nous placerons la satire Ménippée, où se trouve peint au naturel un fanatisme ridicule et persécuteur. Ensuite viendront quelques sermonaires que nous ne donnerons pas pour des orateurs, et quelques écrivains nommés hétérodoxes, que nous ne donnerons pas pour des philosophes. Nous pourrions placer dans ce rang le savant Henri Etienne, qui, sous prétexte de faire l'apologie d'Hérodote, n'a pas fait celle des préjugés. Amyot, simple traducteur, n'en mérite pas moins une attention spéciale, par les services qu'il a rendus à notre langue. Enfin, nous arriverons à Montaigne, le maître dans la doctrine du doute, et le fondateur de la philosophie parmi nous. D'ailleurs, aussi pleinement libre dans son style que dans ses idées, n'importe comme il écrive, pourvu qu'il pense : le mot qu'il frappe est toujours sa pensée naïve et nue. Il ne se laisse point maîtriser par l'expression ; il la mène à son allure ; elle le suit avec complaisance, et dit, comme il veut, tout ce qu'il veut. Malherbe étudie et perfectionne la langue française : Montaigne invente et fait à mesure la langue nécessaire à son génie.

Après quelques mots sur Charron, qui eut la même philosophie et non le même style, nous distinguerons entre les écrivains politiques

La Boétie, immortalisé par Montaigne, dans le beau chapitre sur l'Amitié; Hubert Languet, caché sous le nom de Junius Brutus; et Bodin, qui, dans son Traité de la République, sema quelques vérités, fécondées depuis par le génie de Montesquieu. L'administration nous présentera deux grands hommes; l'Hôpital qui réforma nos lois, du moins autant que le permit la faiblesse d'un gouvernement trop inférieur à un tel chancelier : Sulli qui posa les véritables bases de l'économie politique, et dont le nom n'est jamais séparé du nom d'Henri Quatre, roi qui méritait un ami. Nous ferons remarquer la protection dont cet excellent prince honora les lettres, à l'exemple de François Premier, que la fondation d'un collége n'absout pourtant pas des fautes de son règne, et surtout de l'intolérance. Cette époque sera terminée par un aperçu général où nous observerons en Italie la splendeur de la littérature et la perfection des arts; quelque talens extraordinaires dispersés en Espagne, en Portugal, en Angleterre; l'impulsion générale donnée à l'Europe; le besoin d'examiner succédant au besoin de croire; des réformes religieuses; le pouvoir affaibli par le despotisme, la résistance accrue par l'oppression, et de longs abus renversés par des révolutions mémorables.

Parvenus au dix-septième siècle, nous examinerons les poètes célèbres dans l'ordre où le temps nous les présente : Pierre Corneille, bien digne d'ouvrir une si brillante époque, et qui, dans ses pièces immortelles, créa parmi nous l'art tragique et la véritable éloquence : Racine, plus parfait sans être plus grand : Molière, qui n'eut d'égal dans aucun genre de comédie et dans aucune partie de son art : Regnard, si loin de Molière, mais dont les vers pleins de sel et l'intarissable gaîté ne méritent pas des louanges médiocres : Quinaut, dont la mollesse, quelquefois élégante, souvent dégénère en fadeur ; poète harmonieux et facile, trop rabaissé dans son siècle, et depuis trop exalté : Lafontaine, toujours original, quoiqu'il ait toujours imité ; resté lui-même inimitable, par le naturel exquis d'un style où les négligences sont des beautés : Boileau, modèle en quatre genres et législateur en tous, le seul poète français que Racine n'ait point surpassé dans l'art d'écrire. Après avoir dit quelques mots des versificateurs aussi nombreux que ridicules qui tentèrent la haute épopée dans les temps dont nous parlons, nous passerons à des poëtes moins ambitieux et plus aimables. Nous distinguerons entre eux Chapelle et Chaulieu son élève, sans en excepter Madame Deshoulières, malgré le sonnet contre Phédre, malgré même la tragédie de Genseric, qu'elle fit apparemment pour venger Racine.

En quittant la poésie, deux hommes, trop estimés de leurs contemporains, nous occuperont un moment. Ces deux hommes sont, Voiture et Balzac, remarquables sans doute par leurs défauts, mais qui donnèrent à la prose française, le premier quelque souplesse, le second de l'harmonie et de la gravité. Nous jeterons un coup-d'œil sur l'hôtel Rambouillet, dont ils étaient les oracles, mais où par malheur on applaudissait Ménage et Cotin, en dépriment Corneille et Molière. Loin de cette école du bel-esprit pédantesque, nous observerons à la même époque, avec une attention respectueuse, la société de Port-Royal, source à jamais célèbre de la saine littérature, école du goût et des véritables sciences, qui facilita l'étude des langues anciennes et toutes les études, en introduisant la langue française dans les livres d'enseignement; qui créa parmi nous la logique et la grammaire générale, et, pour terminer dignement de justes louanges, qui donna Pascal à la prose, et Racine à la poésie. En traitant de l'éloquence, le nom de Pascal se présentera le premier. Et comment classer autrement l'auteur de ces Lettres provinciales où se trouvent tous les genres de beautés oratoires et toutes les perfections de l'art d'écrire? Si l'éloquence judiciaire nous paraît plus digne d'estime que d'admiration dans Patru, dans Pélisson même, nous verrons l'éloquence chrétienne austère dans Bourdaloue, élégante dans Fléchier, sublime dans Bossuet. Ce même Bossuet illustrera la classe des historiens; quoique, à vrai dire, dans son discours sur l'Histoire universelle, il appartienne encore à la classe des orateurs. Nous remarquerons ensuite Mézerai, qui sait intéresser, malgré son vieux style, le judicieux Rapin de Thoiras, Saint-Réal, qu'un seul ouvrage élégant fait presque monter au rang des classiques, et Vertot son élève, qui devint au moins son égal. Nous parlerons peu des mémoires historiques publiés avec profusion durant le dix-septième siècle. Nous n'oublierons cependant pas ces mémoires singuliers où le cardinal de Retz, qui, dans les scènes de la fronde, ne joua pas toujours un rôle ecclésiastique, en écrivant sa confession générale, a souvent égalé Salluste, et quelquefois même Tacite.

En passant aux philosophes, nous verrons Descartes inventer la belle théorie du doute méthodique, trouver le seul moyen de connaître dans la décomposition rigoureuse des idées, n'admettre aucune vérité que dans l'évidence démontrée; et bientôt abandonner en métaphysique les principes qu'il avait si bien établis : Mallebranche découvrir avec une admirable sagacité les erreurs de l'imagination; mais lui-même, égaré par cette trompeuse habile, obscurcir d'étranges ténèbres quelques vérités qu'il avait rendues lumineuses: le scepticisme de Montaigne, adopté par Lamothe-Levayer, étendu par Bayle à tous les objets importans des discussions humaines: l'analyse du cœur humain désespérante, inflexible, injuste peut-être dans le misanthrope la Rochefoucaut ; l'analyse des mœurs toujours ingénieuse, et souvent profonde dans le satirique la Bruyère : une philosophie élevée, tolérante, enchanteresse, appliquée tout à la fois à la morale et à la politique, s'unissant avec l'éloquence et s'approchant de la poésie, dans le Télémaque de cet immortel Fénélon, cher à toutes les sectes religieuses comme à toutes les écoles philosophiques, parce que ses écrits, ses actions, ses principes, ses erreurs mêmes, sont les produits d'une ame supérieure, et qu'il est impossible de distinguer sa religion de sa vertu.

Les genres moins importans viendront à leur tour. Parmi les romans, puisque Télémaque n'est point de cette classe, nous placerons en première ligne la princesse de Clèves de Madame de la Fayette. Dans le genre épistolaire, deux femmes non moins célèbres fixeront nos regards : Madame de Sevigné, toujours naturelle avec esprit, toujours nouvelle en se répétant sans cesse; et Madame de Maintenon, dont la correspondance intime présente aux yeux observateurs une partie de cet art profond qui la maintint quarante ans à côté d'un trône. Examinant enfin les rapports du gouvernement avec la littérature, durant le cours de ce siècle, nous verrons s'établir, d'abord l'académie française, ensuite les autres académies. Nous dirons quelle influence exerça le cardinal de

Richelieu; quelle eurent après lui Mazarin, Fouquet, Colbert. Conduits nécessairement à parler d'un monarque célèbre, nous rendrons justice à ses qualités éclatantes; nous dirons comment il sut agrandir encore un siècle déjà grand avant lui. Nous peindrons, durant une partie de son règne, la littérature obtenant une considération légitime, jouissant même de cette liberté qui lui est nécessaire, et dont Molière surtout fit un usage admirable; les chefs-d'œuvre de l'éloquence et de la poésie accumulés, pressés les uns sur les autres; des monumens somptueux, d'utiles institutions, des travaux immenses, des guerres brillantes, des triomphes et des plaisirs; la beauté, les grâces, les talens, tous les génies, toutes les gloires, et même quelques vertus éminentes, venant former autour du jeune Louis Quatorze la cour la plus imposante et la plus aimable qui fut jamais. Que faut-il peindre à une autre époque? les controverses religieuses remplaçant les chefs-d'œuvre littéraires; une cour entière condamnée à la plus vile des servitudes, à l'hypocrisie; cet âge éblouissant rembruni tout-à-coup des chagrins d'un roi vieilli, qu'abandonnent à la fois et les plaisirs et la victoire; lui-même, entraîné par un zèle aveugle, persécutant le calvinisme de Bayle, le jansénisme d'Arnauld, le quiétisme de Fénélon ; voyant disparaître à ses côtés tous les grands hommes qui ont illustré son règne, tous les charmes qui l'ont embelli ; survivant à sa fortune si long-temps prédominante, et n'emportant au cercueil qu'une partie même de sa gloire. Ces deux tableaux sont également fidèles. Nous présenterons le premier dans tout son éclat ; nous n'affaiblirons pas le second : de peur de déplaire aux esprits bien faits ; de peur même de plaire aux esprits serviles, qui veulent que la vérité ne commence jamais pour les princes, et que l'on règne encore au fond des tombeaux.

Lorsqu'une langue est perfectionnée, lorsque chaque genre a déjà des modèles, une foule d'idées circulent et appellent d'autres idées ; les esprits acquièrent de l'étendue, et leurs études embrassent à-la-fois plusieurs objets. C'est par-là qu'il est impossible d'appliquer au dix-huitième siècle une classification rigoureuse. En effet, comment, sans détruire tout intérêt, diviser en plusieurs classes et morceler, pour ainsi dire, un écrivain dont les pensées homogènes forment un ensemble dans les genres différens qu'il a traités ? Il vaudra donc mieux, sans adopter avec scrupule et sans rejeter tout-à-fait la méthode que nous avons suivie jusqu'à présent, nous attacher surtout à présenter un tableau fidèle et progressif de l'époque importante qui nous reste à parcourir. Elle est ouverte par Fontenelle, homme d'un esprit vaste et flexible ; poète médiocre, littérateur superficiel, écrivain plus agréable qu'éloquent, philosophe plus ingénieux que profond, habile dans l'art de voiler à demi ses idées, faisant dire à ses lecteurs ce qu'il ne veut pas dire lui-même, et ne compromettant jamais ni sa raison ni son repos. Après lui vient Lamothe, qui, avec autant d'esprit, a laissé moins de réputation, parce qu'il a trop cultivé des genres où ce qui lui manquait, le talent poétique, était précisément ce qu'il fallait. Ce don si rare fut possédé par J. B, Rousseau, que Lamothe crut égaler dans la poésie lyrique, mais qui n'a d'égal que Malherbe. Dans l'épigramme, je n'ajouterai point dans l'épître, il est supérieur à Clément Marot, sinon pour l'enjoûment, du moins pour la force et la correction. Louis Racine, distingué par le mérite de la versification, fut, en cette partie, le meilleur élève de son illustre père, puisqu'il est impossible de faire descendre Voltaire au rang des élèves. Crébillon, poète inégal, incorrect, souvent barbare, a quelquefois racheté par des scènes vigoureuses, et même par des traits de génie, les défauts graves et nombreux qui défigurent ses tragédies. Destouches, naturel, facile et décent, peignit habilement les mœurs, et conserva le caractère de la comédie, en la rendant toutefois un peu sérieuse. La Chaussée la rendit dolente, et la dénatura complètement : mais dans ses pièces, d'ailleurs faiblement écrites, on trouve des situations heureuses, et surtout beaucoup d'intérêt. Piron, dans un chef-d'œuvre qui expie tous ses autres ouvrages, fit reprendre à la comédie sa verve et sa gaîté piquante. Gresset lui fit parler le langage le plus élégant. Il n'est pas moins orné dans quelques poésies charmantes ; mais ce modèle dangereux eut bientôt des imitateurs mal-adroits, qui prirent la surabondance pour la facilité, et l'afféterie pour la grâce. Le faux bel-esprit s'empara de la poésie nommée légère ; et, sur cette scène comique où Molière avait joué toutes les sortes d'impostures, on parla sérieusement le jargon des Précieuses, du Marquis de Mascarille et de Trissotin.

Parmi les prosateurs, dans les commencemens du dix-huitième siècle, nous distinguerons Le Sage, auteur de la plus forte comédie composée depuis Molière, et du meilleur des grands romans français, entre ceux qui tiennent encore à la comédie ; Marivaux, esprit fin, mais trop subtil, et qui dans ces deux genres fut aussi maniéré que Le Sage était naturel ; Prévôt, justement célèbre pour les romans sérieux ; écrivain plein d'imagination, fécond jusqu'à l'excès, et qu'il faudrait compter au nombre des premiers talens, s'il n'avait pas écrit tous les jours. On ne doit pas négliger, comme historiens, Bougeant, Dubos, Rollin lui-même, malgré les puérilités qu'il entasse avec complaisance. Les deux derniers, surtout Dubos, ne sont pas moins recommandables comme rhéteurs. Dans l'art oratoire, Cochin, par un talent sage, honora le barreau français. D'Aguesseau, beaucoup plus orné, le fut trop peut-être pour un magistrat. Du haut de la chaire évangélique, au milieu du palais des rois, Massillon, très-supérieur à Bourdaloue, plus naturel que Fléchier, presque aussi touchant et plus précis que Fénélon, moins éloquent, mais plus égal que Bossuet, embellit d'un style admirable les éternelles vérités de la morale. Vers le même temps, nous trouverons Dumarsais, grammairien du premier ordre, philosophe dans ses écrits et dans sa conduite : nous remarquerons surtout le réformateur de la chronologie, le savant le plus éclairé de son siècle, Fréret, dont les hommes qui vivent de l'erreur redoutèrent avec raison l'érudition incommode et l'inexorable dialectique.

Voltaire, qui apparut sous la régence, illustra les deux épopées ; agrandit la tragédie, où, dans les hautes parties de l'art, les avantages sont balancés entre ses deux rivaux et lui ; égala Boileau dans la satire et dans l'épître, en leur donnant plus d'importance ; surpassa Lafontaine dans le conte ; n'eut aucun rival dans la poésie aimable et badine, ni dans le genre de romans qu'il inventa, ni dans la critique littéraire ; n'eut d'autre rival dans les lettres familières que le plus illustre des écrivains latins ; fut dans l'histoire le premier des modernes, le fondateur d'une école nouvelle, où il compte des maîtres parmi ses disciples ; et dans ses écrits philosophiques, c'est dire à-peu-près dans tous ses ouvrages, fit aux préjugés des blessures dont ils ne guériront jamais. Tandis que des cris stupides viennent expirer tous les jours aux pieds de sa statue, il sera consolant pour nous d'analyser cet homme prodigieux, soutenant à lui seul le parallèle avec vingt talens diversement supérieurs, et par cela même, lui seul hors de parallèle; de parcourir tout entier son génie qui traverse et remplit un siècle, en produisant une littérature complète au milieu de la littérature française. Montesquieu, dans ses Lettres persannes, ne fut pas à demi-véridique. Sous un habit étranger, il se crut permis de ne point apercevoir le côté sacré des choses ridicules. Devenu plus grave, sans rien perdre de sa liberté courageuse, il fit sur les Romains un livre composé de traits de génie. Non moins libre, mais se voilant quelquefois dans le plus considérable de ses ouvrages, en expliquant l'esprit des législations positives, il enseigna les législations possibles. Considéré comme écrivain, il unit à l'originalité de Montaigne son compatriote la profondeur de Tacite et sa nerveuse précision. Considéré comme philosophe, il est, après Voltaire, l'homme de son siècle qui a le mieux mérité du genre humain. Buffon, resté loin d'eux sous ce point de vue si important, doit pourtant jouir d'une gloire durable, non pour des systèmes décrédités en naissant, mais pour avoir appliqué aux sciences naturelles le grand art d'écrire. La politique, la morale, la peinture des passions, les discussions polémiques, furent animées par J. J. Rousseau, qui joignit à sa brûlante éloquence la perfection continue du style, et qui tient parmi nous dans la prose la place que Racine occupe dans la poésie.

Les temps où Rousseau commença d'écrire virent s'élever l'Encyclopédie, monument imparfait sans doute, mais éternellement mémorable de la philosophie du dix-huitième siècle. Nous apprécierons les deux hommes illustres qui contribuèrent le plus au succès de cette immense entreprise. Après Diderot et d'Alembert nous placerons leur ami Duclos, maniéré dans les romans, un peu faible dans l'histoire, plus heureux dans l'analyse des mœurs, vraiment habile dans la grammaire. C'est à cette époque, au milieu du siècle, que nous aurons à tracer les progrès rapides de l'esprit philosophique, introduit dans toutes les classes, passant chez tous les peuples de l'Europe, devenant désormais et pour toujours, même hors de la littérature, la condition nécessaire de toute renommée durable. L'élève couronné de Voltaire, le Grand Frédéric, ne sera point négligé parmi les écrivains français. Nous remarquerons l'influence qu'il exerça sur l'esprit de quelques monarques. Nous chercherons si elle s'étendait jusqu'à Versailles : et, reportant nos yeux sur la France littéraire, nous verrons Helvétius parer des charmes du style des vérités profondément aperçues, et même des erreurs qui ne sont pas d'un esprit vulgaire; le méthodique et judicieux Condillac approfondir la grammaire, la logique, et bien plus encore, l'analyse des sensations; son frère Mably trouver dans la seule morale les vrais principes de la politique, et répandre une critique lumineuse sur la partie la plus importante de notre histoire; Raynal, en suivant les traces sanglantes des Européens dans les deux Indes, dénoncer sans ménagement les crimes de la force, de l'avarice et du fanatisme religieux; Turgot perfectionner l'économie politique, et surtout l'administration; La Chalotais, Servan, Dupaty, dans les tribunaux, fortifier par l'éloquence une raison bienfaisante et courageuse. Des raisons qu'il est inutile d'exposer nous interdisent encore les dernières années du dix-huitième siècle. Nous nous arrêterons pour le moment au panégyriste de Marc-Aurèle, à l'immortel auteur de l'Essai sur les Eloges, à Thomas, que l'injustice contemporaine n'empêchera point d'être compté parmi les grands écrivains de la France : véritable orateur défini par Cicéron ; homme vertueux, habile à bien dire ; digne ami du poète illustre qui remplaça Voltaire à l'Académie, et qui, sur la scène tragique, fit verser après lui ces nobles larmes dont on croyait la source tarie.

Il nous reste à présenter quelques vues générales sur le cours de littérature française dont nous venons de tracer l'analyse. Il embrassera sans doute un grand nombre de faits littéraires : toutefois, comme il n'est pas question d'un cours de bibliographie, il ne faut pas s'attendre à trouver la nomenclature complète des écrivains et des ouvrages ; mais on donnera des notions plus ou moins développées sur tous les ouvrages qui ont marqué, du moins relativement à leur époque. Nous aurons soin d'écarter cette foule d'anecdotes souvent incertaines, et presque toujours sans importance, dont on a si mal-à-propos surchargé l'histoire des écrivains célèbres. Quant aux citations, il en est quelques-unes d'indispensables; mais, puisqu'il s'agit de composer un ouvrage, et non de remplir des volumes, on n'exhumera point de vieux fragmens, qu'il est si facile de copier dans vingt compilations connues, lorsqu'on veut s'épargner la peine légère de recourir aux sources mêmes. On se gardera bien davantage d'entasser les madrigaux, les épigrammes, les sonnets, les rondeaux, qui traînent depuis cent années dans les recueils de collége. Encore moins se permettra-t-on, au milieu d'une société distinguée par ses lumières, de transcrire à chaque page les célèbres morceaux d'éloquence et de poésie que nous avons tous appris dès notre enfance, les scènes divines gravées dans la mémoire et dans le cœur de toutes les personnes à qui notre littérature n'est pas complètement étrangère.

En suivant une méthode fort différente, on tâchera d'observer les premiers pas, les progrès presque insensibles, et, pour ainsi dire, les longs tâtonnemens de la langue française; de suivre attentivement sa marche devenue moins timide, d'indiquer des essais heureux, d'autres essais trop hardis encore ; de bien marquer le moment où elle acquiert ses deux caractères principaux, la noblesse et la clarté ; de l'étudier enfin dans les modifications nombreuses et variées que son génie reçoit du génie des auteurs classiques. En examinant tour-à-tour tant de personnages illustres, on s'imposera la loi de les apprécier avec cette justice qui repousse un aveugle enthousiasme, et qui n'est autre chose à leur égard que l'admiration bien sentie. On s'efforcera de déterminer d'une manière précise les qualités qui les distinguent parmi leurs égaux, et, puisqu'ils sont hommes, les défauts que peut leur reprocher une critique respectueuse ; ce que présentent de remarquable la composition, le style, les principaux détails de leurs ouvrages ; jusqu'à quel point et comment ils ont perfectionné, soit les formes du langage, soit les genres qu'ils ont cultivés ; en quoi le goût qui leur est propre a fait une partie du goût public ; quelle fut de leur temps et quelle est aujourd'hui leur autorité sur la littérature générale.

De plus hautes considérations se présenteront encore. Cheztous les peuples, les livres ont fait les opinions. Les premières lois furent les premiers écrits. Point de vérité démontrée qui n'ait ses preuves dans quelque ouvrage. Point d'absurdité ancienne qui n'ait pour base un ancien livre. Dans les littératures modernes, l'ensemble des choses fut antérieur aux écrivains. Il faut donc examiner d'abord quelle a été sur les auteurs français l'influence des temps, des opinions, des mœurs, du gouvernement, des institutions, soit politiques, soit religieuses. Il faut examiner ensuite quelle influence ils ont exercée à leur tour sur les mœurs, sur les opinions, et par ces deux choses, sur l'esprit du gouvernement, quelquefois sur les institutions elles-mêmes. Ceci ne regarde, on le sent bien, que les écrivains du premier ordre, et seulement quelques-uns d'entre eux; mais il est juste de les peser dans cette balance. Certes, la gloire suprême appartient à ceux qui ont le plus allégé le fardeau des antiques erreurs; à ceux qui, dans quelque genre que ce soit, ont le mieux employé la puissance de l'art d'écrire au perfectionnement, et, par conséquent, au bonheur de l'espèce humaine.

C'est d'après les mêmes principes, qu'une fois arrivés au terme de notre carrière, nous mettrons en parallèle les deux grandes époques de la littérature française. Nous comparerons les avantages qu'elles ont l'une sur l'autre. Peut-être trouverons-nous ces avantages compensés ; peut-être aurons-nous à conclure que l'époque dont nous avons vu les derniers jours était une suite nécessaire de la précédente, et que toutes les deux ont occupé d'une manière également honorable la place qui leur fut assignée dans l'espace des temps. Ce résultat sera satisfaisant pour la raison de ceux qui examinent, mais non pour les passions des écrivains de parti qui se contentent de décider. Il leur est permis sans doute de repousser l'égalité, même entre les siècles ; mais, comme il n'est pas en leur pouvoir de faire rétrograder l'esprit humain, du moment qu'il leur plait de rétrograder, c'est toujours en consultant la nature des choses que nous oserons déterminer les obligations imposées à l'époque actuelle ; et ces obligations seront remplies. N'en doutons pas ; le siècle qui commence sera digne des siècles qui l'ont précédé. Les idées saines prévaudront parmi nous contre les clameurs fanatiques. La philosophie ne sera pas contrainte de se réfugier dans les consciences. Les talens distingués dont la France peut s'enorgueillir encore, ceux que d'autres jours verront naître, chercheront la gloire littéraire où elle se trouve; et, comme elle est inséparable du vrai, c'est en défendant la vérité qu'ils enrichiront de nouveaux trésors cette langue vivante et classique; stérile pour la médiocrité paresseuse; mais féconde, opulente, inépuisable pour le génie laborieux; perfectionnée par tant de modèles diversement admirables; consacrée par tant de chefs-d'œuvre; adoptée en Europe depuis l'Italie jusqu'au fond du Nord, et devenue la langue sociale de tous les hommes éclairés.

FIN.

www.ingramcontent.com/pod-product-compliance
Ingram Content Group UK Ltd.
Pitfield, Milton Keynes, MK11 3LW, UK
UKHW012109240726
13965UKWH00004B/1659

9 782013 065931